給　榕、頤、承、萱、婕的阿媽　詹秀英女士

掃一掃，聆聽全臺語朗讀音檔！

喀躂喀躂喀躂

文・圖／林小杯
臺文審定／呂美親　臺語朗讀／呂美親
步步出版
社長兼總編輯／馮季眉
責任編輯／徐子茹
美術設計／陳瀅晴

出版／步步出版・遠足文化事業股份有限公司
發行／遠足文化事業股份有限公司（讀書共和國出版集團）
地址／231新北市新店區民權路108-2號9樓
電話／(02)2218-1417　傳真／(02)8667-1065
客服信箱／service@bookrep.com.tw
網路書店／www.bookrep.com.tw
團體訂購請洽業務部／(02) 2218-1417 分機1124
法律顧問／華洋法律事務所・蘇文生律師
印刷／中原造像股份有限公司
初版／2020年12月　初版六刷／2024年8月　定價／450元
書號／1BTI1032　ISBN／978-957-9380-74-4

喀嚓喀嚓喀嚓

林小杯

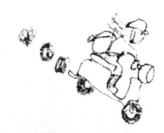

有ㄧ一點ㄉㄧㄢ點ㄉㄧㄢ時ㄕ鐘ㄓㄨㄥ滴ㄉㄧ滴ㄉㄧ答ㄉㄚ答ㄉㄚ的ㄉㄜ聲ㄕㄥ音ㄧㄣ，

有ㄧ一點ㄉㄧㄢ點ㄉㄧㄢ摩ㄇㄛ托ㄊㄨㄛ車ㄔㄜ越ㄩㄝ來ㄌㄞ越ㄩㄝ近ㄐㄧㄣ又ㄧㄡ越ㄩㄝ來ㄌㄞ越ㄩㄝ遠ㄩㄢ的ㄉㄜ聲ㄕㄥ音ㄧㄣ，

也ㄧㄝ有ㄧ一點ㄉㄧㄢ點ㄉㄧㄢ風ㄈㄥ把ㄅㄚ書ㄕㄨ吹ㄔㄨㄟ開ㄎㄞ， 啪ㄆㄚ嗒ㄉㄚ啪ㄆㄚ嗒ㄉㄚ的ㄉㄜ聲ㄕㄥ音ㄧㄣ，

還ㄏㄞ有ㄧ一點ㄉㄧㄢ點ㄉㄧㄢ喀ㄎㄚ噠ㄉㄚ喀ㄎㄚ噠ㄉㄚ喀ㄎㄚ噠ㄉㄚ、

喀ㄎㄚ噠ㄉㄚ喀ㄎㄚ噠ㄉㄚ喀ㄎㄚ噠ㄉㄚ……

那是我*阿媽的玩具
發出來的聲音！

喀噠喀噠 喀噠
喀噠 喀噠 喀噠
喀噠 喀噠 喀噠

*阿媽：a-má，即對奶奶、外婆的臺語稱呼，一般俗字寫為「阿嬤」。

「阿ㄚ媽ㄇㄚ，快ㄎㄨㄞ要ㄧㄠ好ㄏㄠ了ㄌㄜ嗎ㄇㄚ？」
「快ㄎㄨㄞ了ㄌㄜ快ㄎㄨㄞ了ㄌㄜ，
吃ㄔ晚ㄨㄢ飯ㄈㄢ前ㄑㄧㄢ就ㄐㄧㄡ會ㄏㄨㄟ好ㄏㄠ了ㄌㄜ！」

阿ㄚ媽ㄇㄚ答ㄉㄚ應ㄧㄥ我ㄨㄛ做ㄗㄨㄛ一ㄧ個ㄍㄜ超ㄔㄠ級ㄐㄧ大ㄉㄚ袋ㄉㄞ子ㄗ，
是ㄕ要ㄧㄠ給ㄍㄟ我ㄨㄛ裝ㄓㄨㄤ恐ㄎㄨㄥ龍ㄌㄨㄥ用ㄩㄥ的ㄉㄜ。

喀ㄎㄚ嚓ㄔㄚ喀ㄎㄚ嚓ㄔㄚ喀ㄎㄚ嚓ㄔㄚ會ㄏㄨㄟ做ㄗㄨㄛ很ㄏㄣ多ㄉㄨㄛ東ㄉㄨㄥ西ㄒㄧ。
我ㄨㄛ最ㄗㄨㄟ喜ㄒㄧ歡ㄏㄨㄢ的ㄉㄜ那ㄋㄚ件ㄐㄧㄢ裙ㄑㄩㄣ子ㄗ、
我ㄨㄛ最ㄗㄨㄟ愛ㄞ背ㄅㄟ的ㄉㄜ那ㄋㄚ個ㄍㄜ小ㄒㄧㄠ包ㄅㄠ包ㄅㄠ，
還ㄏㄞ有ㄧㄡ好ㄏㄠ多ㄉㄨㄛ好ㄏㄠ看ㄎㄢ的ㄉㄜ東ㄉㄨㄥ西ㄒㄧ，
都ㄉㄡ是ㄕ阿ㄚ媽ㄇㄚ用ㄩㄥ它ㄊㄚ做ㄗㄨㄛ給ㄍㄟ我ㄨㄛ的ㄉㄜ。

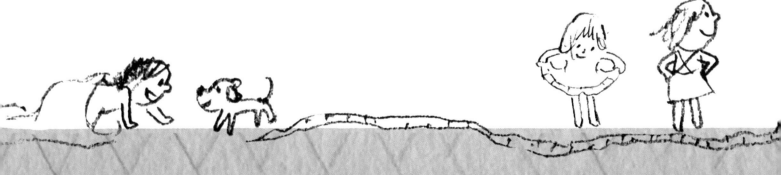

嗯……阿媽的大玩具真厲害，
我也好想玩一下……

咦～！為什麼踩不動？

啊，可以動了！

嗯……怎麼停不下來？

完蛋了！ 線爆炸了！

「手有沒有受傷？」

阿媽跑過來，看起來也快要爆炸了。

她把線整理好，重新在大玩具的身上穿來穿去，

最後穿過小小的針孔，喀嚓喀嚓喀嚓又可以動了！

「針很尖，動得又很快，妳不可以再偷玩囉！」

阿媽一踩下面的踏板，上面穿了線的針

就開始上上下下，

我的眼珠也跟著

上上下下、上上下下……

眼睛好花，都沒注意到

阿媽拿起剪刀把線剪斷──

大袋子做好了！

耶！剛剛好裝得下！

上星期，阿媽答應幫我們班做表演要穿的衣服。
喀嚓喀嚓喀嚓的動作好快，才一兩天，
小天使的衣服好了，花蝴蝶的翅膀也好了。
現在阿媽要來量一量我的胸口有多寬、
肚子有多大、從肩膀到腳跟又是幾公分，
才知道衣服要做多大件。

量完以後，阿媽說：「哇，妳又長高了！」

我演的角色很特別，
所以喀噠喀噠喀噠得辛苦一點。
好幾天下來，
阿媽和大玩具都很少休息。

雖然我沒有辦法幫忙，
但是我會幫阿媽倒茶。

喀噠喀噠喀噠不停的喀噠喀噠喀噠、

喀噠喀噠喀噠、

喀噠喀噠喀噠喀噠喀噠喀噠、

喀噠喀噠喀噠、 喀噠喀噠喀噠、

喀噠喀喀喀喀噠喀噠、

喀噠喀…噠…喀噠、

喀…噠……喀噠…喀…噠噠噠噠…

噠噠、 喀喀、 喀喀、 噠噠……

喀……喀噠……

奇怪， 喀噠喀噠喀噠壞掉了嗎？

阿媽馬上請一位老師傅
來看看怎麼一回事，
他東鑽鑽西轉轉、
搶救一陣子之後，
搖搖頭說：「這機器太老了，
修不好了， 恐怕要丟掉了！」

「丟掉？ 」阿媽摸摸她的玩具。
看著阿媽很捨不得的樣子，
我心裡卻只想著一件事：

「那我的衣服怎麼辦？
明天就要表演了！」

阿媽看看壞掉的喀噠喀噠喀噠，
又看看做到一半的衣服，
轉頭對我說：
「沒關係，阿媽有辦法。」

阿ㄚ媽ㄇㄚ拿ㄋㄚ起ㄑㄧ針ㄓㄣ線ㄒㄧㄢ， 用ㄩㄥ手ㄕㄡ縫ㄈㄥ。

「好ㄏㄠ慢ㄇㄢ喔ㄛ……阿ㄚ媽ㄇㄚ， 來ㄌㄞ得ㄉㄜ及ㄐㄧ嗎ㄇㄚ？」

來得及！

真的來得及！

我ǒ穿ǎ著ɡ阿y媽n一y針ɡ一y針ɡ用ɡ手ǒ縫ɡ的ɡ衣ɡ服ɡ，
站ɡ在ɡ臺ɡ上ɡ，小ɡ天ɡ使ɡ和ɡ花ɡ蝴ɡ蝶ɡ
很ɡ努ɡ力ɡ的ɡ保ɡ護ɡ我ɡ這ɡ棵ɡ大ɡ樹ɡ。
這ɡ個ɡ時ɡ候ɡ我ɡ才ɡ知ɡ道ɡ，
真ɡ正ɡ厲ɡ害ɡ的ɡ不ɡ是ɡ喀ɡ嚓ɡ喀ɡ嚓ɡ喀ɡ嚓ɡ，
而ɡ是ɡ我ɡ的ɡ阿ɡ媽ɡ。

回家的路上，
我跟爸爸故意走慢一點，
討論一個祕密計畫。

這個祕密計畫， 剛好就在
阿媽午睡醒來的時候完成了！
爸爸把喀噠喀噠喀噠拆開，
然後， 在架子上鎖了一塊漂亮的木板。

阿媽最寶貝的舊玩具，
現在變成一張特別的新桌子！

阿媽開心的坐在新桌子喝茶，
聞著她最愛的桂花香。

她把腳踏到踏板上， 輕輕的踩了踩──
聲音不一樣了！ 但我還是好像聽到
喀嗒喀嗒喀嗒、 喀嗒喀嗒喀嗒、 喀嗒喀嗒喀嗒……